老鼠記者 Geronimo Stilton

神探福爾摩鼠 ⑧

福爾摩鼠終極謎案

謝利連摩・史提頓
Geronimo Stilton

U0106142

新雅文化事業有限公司
www.sunya.com.hk

神探福爾摩鼠8

福爾摩鼠終極謎案
L'INDAGINE SEGRETA

作　　者：Geronimo Stilton　謝利連摩·史提頓
譯　　者：鄧婷
責任編輯：胡頌茵
中文版封面設計：郭中文
中文版美術設計：羅益珠
出　　版：新雅文化事業有限公司
　　　　　香港英皇道499號北角工業大廈18樓
　　　　　電話：(852) 2138 7998
　　　　　傳真：(852) 2597 4003
　　　　　網址：http://www.sunya.com.hk
　　　　　電郵：marketing@sunya.com.hk
發　　行：香港聯合書刊物流有限公司
　　　　　香港荃灣德士古道220-248號荃灣工業中心16樓
　　　　　電話：(852) 2150 2100　傳真：(852) 2407 3062
　　　　　電郵：info@suplogistics.com.hk
印　　刷：中華商務彩色印刷有限公司
　　　　　香港新界大埔汀麗路36號
版　　次：二〇二三年十月初版

http://www.geronimostilton.com
Based on an original idea by Elisabetta Dami.
Cover Design: Mauro de Toffol / theWorldofDOT (Adapted by Sun Ya Publications (HK) Ltd.)
Cover and Story Illustration: Tommaso Ronda and archivio Stilton
Cover Graphic and Artistic Coordination: Daria Colombo and Lara Martinelli
Story Artistic Coordination: Lara Martinelli
Story Artistic Assistant: Christian Aliprandi
Story Graphics Project and Layout: Daria Colombo

神探福爾摩鼠
辦案記

在一個總是寒風凜冽、霧氣繚繞的神秘城市裏，有一座奇特的房子。房子裏住着一隻熱衷探案的古怪老鼠……他就是偉大的夏洛特·福爾摩鼠，老鼠島上最知名的天才偵探！

我老鼠記者謝利連摩·史提頓很榮幸獲福爾摩鼠邀請擔任他的助手，協助他調查各種離奇的案件。我把辦案期間的所見所聞寫下來，就成為了你讀着的這本偵探故事。

各位熱愛偵探故事的鼠迷，快來一起走進各種奇案的犯罪現場，挑戰你的頭腦吧！

謝利連摩·史提頓

**一場鬥智鬥力的
刑偵冒險之旅即將開始！**

二樓：

10 助手的房間：謝利連摩·史提頓就睡在這裏。

11 皮莉鼠的房間：誰都不可以進入這個女管家的房間。房間裏真的只有她嗎？她藏着甚麼秘密嗎？

12 福爾摩鼠先生的房間：偉大的偵探會在這裏的牀上休息……雖然他説他從來都不睡覺！

13 洗手間：供訪客使用。

14 天台：福爾摩鼠獨自冥想的地方（如果不下雨的話！）

15 温室花園：這裏種植了稀有的仙人掌。

16 泳池：福爾摩鼠每天都會來這裏游泳。他總是讓一條水虎魚跟着自己，這樣可以令他游得更快！

底層：

1 入口

2 藏書室：裝滿各種關於神秘案件的書籍。

3 秘密樓梯：通往收藏懸案檔案的地下室。

4 謎團大廳：福爾摩鼠只有在他生日當天邀請朋友們參加「謎團錦標賽」時才會進來

5 紀念品室：這裏收藏了他所破案件的紀念品。

福爾摩鼠偵探社

6 車庫：福爾摩鼠把所有辦案用的交通工具都放在這裏，包括：單車（一種非常奇特的腳踏車）、附有側車的電單車、形似熱氣球的飛行器、超高科技的汽車，以及能夠變成潛水艇的船。

一樓：

7 福爾摩鼠的工作室：福爾摩鼠會坐在這裏接待客户。這些客户是從每天在偵探社門口排隊求助的客户中挑選出來的幸運鼠。

8 練琴室：福爾摩鼠每晚會在這裏拉奏小提琴。

9 廚房：女管家皮莉鼠的專屬空間，她會在這裏準備茶點。

目錄

福爾摩鼠，生日快樂！

那天清晨，開往怪鼠城的火車一如既往地從妙鼠城火車站準點駛出，全速飛馳。我坐在車廂裏，手爪把玩着前一天晚上才收到的**請柬**。那張特殊的請柬正正來自 老鼠島 上最著名的偵探福爾摩鼠！我激動得鬍子不停地顫抖，看了一遍又一遍請柬上的文字：

謎團錦標賽，至謝利連摩·史提頓

先生的正式邀請。

我歎了口氣。我很清楚謎團錦標賽是福爾摩鼠在每年的生日當天舉辦的閉門活動。受邀參賽是 **莫大的榮幸！**

不過，親愛的鼠民朋友們，我只不過是一名偵探助理……要是我比賽表現不佳，丟人現眼了，怎麼辦？要是我被 **對手** 比下去了，怎麼辦？再說了……我連對手是誰都不知道呢！

一連串問題在我的腦海中徘徊。突然，我聽到一聲長長的汽笛聲。

火車停了，車廂裏連一隻鼠影都不見了。哎呀！我怎麼總是迷失在自己的思緒中呢。我朝窗外望去，嚇得一躍而起。火車早已到站，很快就要啟程返回 **妙鼠城** 了！以一千塊莫澤雷勒乳酪的名義發誓，我得趕快跑起來，準確地說……飛奔起來！

我急急忙忙拖住行李箱，拿起雨傘，還得小心翼翼生怕碰掉自己的「假」鬍子。每次去怪鼠城找福爾摩鼠，我都會貼上假鬍子。我雙腳剛踏上站台，身後的火車就已經吐着蒸汽出發了。

我看了看火車站裏的大掛鐘⋯⋯

我遲到了！

我大步流星地急匆匆趕往離奇大街13號。

福爾摩鼠偵探社所在地的那座房子門口一如既往排着長長的隊伍。我心想，他們一定又是前來**求助的客戶**。

大偵探的女管家皮莉鼠小姐站在門口。她身穿芥末黃色的套裝（*那一縷劉海當然也染成了同樣的顏色*），正示意一隻身穿防水風衣、戴着帽子的老鼠走到隊列最前面。這隻老鼠身材壯碩，十分魁梧。我好奇地湊過去，只聽**皮莉鼠小姐**問道：

「你知道今天早上**海克力斯・大力鼠**去過哪裏嗎？」

呃……這算什麼問題？！**奇怪！**

不過，那隻老鼠眼睛眨也不眨地回答：「他大概去過街角的咖啡店吃早餐。那是怪鼠城唯一一間供應特大比利時乳酪夾心窩夫餅的咖啡店。像他那樣格調高雅的紳士鼠一定會光顧那裏。

皮莉鼠小姐點點頭，示意他進門。怎麼回事？居然不需要任何口令？**太奇怪了！**

再說了，他們提到的那隻什麼大力鼠到底是誰？

我好像聽說過這個名字，卻怎麼也想不起來在哪裏聽說過……

我正要一問究竟，突然有什麼東西撞到了我的肩膀！

咕吱吱，
真是撞了貓般疼痛啊！

一股刺鼻的怪味令我打了個噴嚏。

我轉過身，看到一名**速遞員**抱着一卷窗簾，正彎下身在鼠行道上撿着什麼東西。啊……原來是這隻鼠撞到我！

不過，*親愛的鼠民朋友們*，這真是奇怪極了……我看見那個傢伙只顧着從地上迅速撿起一個**膠袋**塞進口袋，甚至沒有向我致歉。怎麼這麼沒教養！

12

「**史提頓先生，你總算來啦！**」

就在那時，皮莉鼠小姐召喚我。

「你的名字原本排在**名單上的第一個**，不過你一直沒到，我只好跳過你，從麥吉鼠先生開始了⋯⋯」

她是説**麥吉鼠**？

這個名字我也聽説過⋯⋯

「謝利連摩，一切安好嗎？」皮莉鼠小姐再次問道，「看到這麼多**大偵探**在此，你很激動，是不是？我了解你吧？大家歡聚一堂參加『謎團錦標賽』，真是激動鼠心啊！」

我這才恍然大悟。那些不是求助的客户，而是「謎團錦標賽」的其他受邀賓客！

也就是説，麥吉鼠只能是*那隻麥吉鼠*，那部一直未完待續的連載**偵探小説**裏的偵探警長！我怎麼剛才沒想到呢？

我仔細看了看其他排隊的老鼠⋯⋯

那隻梳着醒目八字鬍的老鼠正是大名鼎鼎的警探大力鼠！皮莉鼠小姐剛剛説的就是他！

他身後有一隻紅頭髮的年輕女鼠。難道她就是探案新星**南希·頂禮鼠**？

而那兩隻衣着華麗、親密地手挽着手的老鼠一定就是偵探夫妻**扎克·扎爾斯和佐拉·扎爾斯**。他們專攻上流社會的案子！

在場的還有一名牽着狗的**便衣警察**（就

站在我身後）。他看起來也很眼熟……

　　皮莉鼠小姐看了看手錶：「還有一位客人怎麼還沒到？在**入場測試**結束前抵達是基本要求！對了，謝利連摩，你準備好了嗎？現在輪到你了！」

「你說……測試？
什麼測試？！」

「別裝了，你怎麼會不知道呢！想要參加我們的謎團錦標賽，每一名賓客都必須展示自己的**偵探能力**，回答關於其中一位賓客的一個問題。如果回答錯誤，就不能參加後面的比賽！加油，**集中精力……**」

我嚥了嚥口水，點點頭。如果只是一個問題，也許我可以過關……

「至於你……」皮莉鼠小姐微笑着繼續說，「鑑於你是福爾摩鼠先生的助理，你得回答三個問題。這可是展示自己才能的好機會！」

什麼？三個問題？!
我……徹底絕望了！

「我們就從簡單的問題開始吧。雷克斯警長最著名的特徵是什麼？」

我嚇得跳了起來……雷克斯警長？！原來我之前在隊伍中看到的警犬是牠！這隻奧地利牧羊

犬是一個大受歡迎**電視連續劇**的主角呢！

唉，為什麼我之前連一集都沒看過呢?!不過，當我還只是一個孩子的時候，我的爺爺坦克鼠倒是一直追那部電視劇！我深吸一口氣，努力集中精力思考。一隻**警犬**會以什麼著名呢？

也許是牠的勇氣？太平常了。

穿着警服的優雅氣質？可是……**雷克斯**並沒有穿上警察制服！

難道牠收集了很多骨頭?!我覺得不像。

我想啊想，想啊想，直到我想起我們在《*劇院幽靈疑案*》裏查的那個案子。為了找到杜萊美小姐的寵物狗，獵犬威利發揮了牠靈敏的……

「**嗅覺！**」我自信地大聲說。

「非常好，史提頓先生！這個問題很簡單。現在，**第二個問題**。你準備好了麼？好極了！謝利連摩，你來説説看，雷克斯警長來這裏多久了？」

我的臉變得煞白，好像一塊莫澤雷勒乳酪。

「我一點都不喜歡這些超級難的 謎題……」 我小聲嘟囔道。

就在那時，好像是感覺到自己被召喚，雷克斯開始吠叫。牠的聲音蓋過了我的嘟囔聲。

「史提頓先生，你剛剛說什麼？十分鐘？」皮莉鼠小姐問道。（*剛剛* 犬吠 *的聲音那麼大，她根本不可能聽到我說什麼。*）

「回答正確！回答得真快，我看你今天狀態很不錯啊！第三個問題，請你告訴我，雷克斯喜歡吃什麼？」

我走到警犬旁邊。難以置信，我居然知道答案！雷克斯的鼻子上沾滿了 餅乾屑 。牠剛剛吃完餅乾，還有一小塊掉在地上，就在牠的爪子旁邊。我撿起餅乾，果斷地回答：「鹽味卷餅！」雷克斯是一隻奧地利狗。鹽味卷餅（Pretzel）正是當地的特色美食！

皮莉鼠小姐微笑着點頭道：「謝利連摩，恭喜你！你可以前往**謎團大廳**和麥吉鼠會合啦！」

我好奇心滿滿地爬上樓梯，第一次走進謎團大廳。這裏只有在謎團錦標賽當天才會打開。

麥吉鼠警長迎接了我。他緊緊握住我的手，説：「你一定就是謝利連摩·史提頓！福爾摩鼠經常在我面前提起你。我看了你所有的**書！**」

然後，其他老鼠也一一進來與我們會合。最後一個進來的是扎克·扎爾斯。他在他太太進來之後好一會兒才到。

奇怪！這麼長時間，他幹什麼去了？

我原以為大家已經到齊了，誰知又有一隻**年邁的女鼠**柱着拐杖緩緩走了進來。

「不好意思，我來遲了！年紀大了，行動也遲緩了……」

「夫人，見到你真是太榮幸了！」大力鼠熱情地迎上前去，彎腰 **親吻了她的一隻爪子** 。

大家都滿懷熱情地向這隻女鼠問好致意。

在場的各位中只有我和紅頭髮的年輕女鼠不認識她。不過，年輕的女鼠主動向她伸出手，說：「幸會！我是南希·頂禮鼠。這是我第一次參加謎團錦標賽。你是……」

場面一度有些尷尬。然後，年邁的女鼠回答：「親愛的南希，我是 **乳酪小姐** 。我也時不時喜歡辦幾個案子，不過（可惜）我自然不如你們的名氣大……你雖然年輕，卻已經有一整套向你致敬的小說系列！恭喜你！你找到了一位很有天分的作家，完美再現了你的 **探案經歷！** 」

南希滿足的微笑道：「真的是這樣！悄悄告訴你，**我還挺喜歡出名的！**」

就在那時，麥吉鼠插話道：「乳酪小姐，你就不要謙虛了。我們在場的所有鼠都受教於你，讚歎你的貢獻……還有你做的**櫻桃蛋糕！**」

乳酪小姐微笑道：「唉喲，今天我沒有來得及準備蛋糕！不過，我保證，一等我抽出空來，就會為在場諸位烤一個櫻桃蛋糕！」

就在那時，大廳裏的擺鐘**響起鐘聲**。

鐘聲結束，傳來一把激動的聲音：「歡迎各位新舊朋友！感謝你們……及時趕來比賽現場！」

我困惑地環顧四周，不知道是誰在說話。**聲音**從一個被覆蓋的女鼠雕像那裏傳來。那個女鼠雕像手托天平，矗立在一面壁龕裏！

一座會說話的雕塑？！**奇怪！**

那聲音（*我仔細一想，好像很熟悉*）繼續說：「你們一定在尋思，這一次我躲在哪裏……加油，這可難不倒你們！我們都聚在此處**頌揚**

公正，不是嗎？」

　　那個雕塑開始旋轉，不過一會兒，他就出現在我們的面前……他就是**獨一無二**、

天才卓絕、
無可超越的福爾摩鼠！

　　「親愛的貴客們，恭喜你們出色地通過了入場測試！」福爾摩鼠面帶微笑地向大家鞠躬致意。「我倒是一點也不驚訝。你們能站在這裏，是因為你們是當今最優秀的偵探。我非常榮幸能與你們一起慶祝 **偵探的藝術**……當然還有我的生日！如果大家沒有異議，我想我們就抓緊時間開始吧……我宣布，**謎團錦標賽**正式開始！」

案件

「親愛的
　　偵探朋友們，
　　現在這裏是犯罪現場！」

夏洛特・福爾摩鼠

驚心動魄的開端

福爾摩鼠稍事停頓，繼續說道：「親愛的偵探同業……以及親愛的史提頓，你們絕大多數鼠對比賽規則經已熟悉，不過我還是要向新來的朋友們講解一下規則……」

福爾摩鼠向我和南希報以微笑，並繼續說：「今年的任務仍然是要破解一個**神秘案件**，通過精心設計的**挑戰**，測試你們的才能。因

此，你們只能借助於這個大廳裏提供的調查工具。你們可以使用桌子上的這些 **查案套件**，也可以查閱書籍，但僅此而已！現在……」

就在那時，皮莉鼠小姐從門外探進頭來，推着一個巨大的 **四輪保險箱**。

「她總是知道我在想什麼！」福爾摩鼠以一個燦爛的笑容迎接了她的到來。然後，他解釋道：「女士們，先生們，這就是福摩爾鼠式的 **保險箱**！箱子裏安裝了計時機關，只能等你們解開神秘謎團之後才會自行打開。我們會把你們的 **手提電話** 放在裏面，因為比賽期間大家都不可以

使用手提電話！」

皮莉鼠小姐拿着一個小籃子向我們走來，逐一收集我們的 手提電話 。

「現在，請允許我做最後的檢查。」福爾摩鼠宣布：「我會使用我特製的 搜查儀 。這個搜查儀專攻口袋和背包，容錯率為零！你們知道福爾摩鼠可不是個傻瓜……謎團錦標賽不允許借助其他物件！對於出色的大腦而言，哪怕是最不起眼的小物件也可能成為致勝法寶。」

他從扎克·扎爾斯的口袋裏搜出一包 薑糖 。

「我緊張的時候，需要薑糖才能平靜下來！」扎克為自己辯護，可是薑糖還是被福爾摩鼠沒收了。

他從海克力斯·大力鼠的上衣口袋裏找到一本

愛情小說。

「我⋯⋯我要是不讀**愛情故事**，就不能集中注意力！」他說，可是他的書還是被沒收了。

乳酪小姐的包裹倒是沒有搜到什麼違禁品，只有 **一疊收據**（「我喜歡給我的孫輩買禮物」）和幾塊她親手做的給狗吃的甜品（「雷克斯很喜歡那些甜品！」）。

佐拉·扎爾斯、麥吉鼠和（牽着雷克斯）的托比亞斯通過了檢查。

至於我，我的口袋裏只有一小塊**格魯耶爾乳酪**，是我填肚子的應急零食！為免被沒收，我立刻把它塞進了嘴裏！

福爾摩鼠最後檢查的是南希·頂禮鼠。他從她的口袋裏搜出了⋯⋯另一部手提電話！

那隻年輕女鼠的比賽資格岌岌可危!

「呃……那個……是……我的**備用智能電話!**」她緊張不安地辯解道,「我沒打算作弊……福爾摩鼠先生,請你務必相信我!我只是想在**老鼠社交平台**上貼一兩個帖文……」

大偵探審視着,向她回報一個微笑:「頂禮鼠小姐,我的直覺告訴我,你很真誠。我相信你,但是規則就是規則。請你把這部手提電話也放到那個籃子裏!」

當這最後一部手提電話放進籃子後,**皮莉鼠小姐**關上保險箱,把它推到大廳的角落裏。

福爾摩鼠指着沙發旁邊放滿茶杯的茶點推車,說:「親愛的貴賓們,現在到了我們比賽的**開幕茶**時間!各位請!你們當中許多鼠一定記得,這是我的幾位法國朋友為這個特殊活動精心準備的卡門貝爾乳酪味茶。

這道茶需要在攝氏34度的時候品茗。**現在剛剛好！**」

他正說着，他的雙爪裏端着的茶杯突然**從淺藍色變成了深藍色！**

福爾摩鼠見我一臉驚訝的表情，問道：「史提頓，你在看什麼？你不會告訴我，我福摩爾鼠的 **茶杯工藝** 驚艷到你了吧？這是我親自設計的杯子，可以確保品茶的準確時間⋯⋯」

我驚訝地點點頭，湊過去聞了聞茶香：好香啊！這道茶一定非常美味！

福爾摩鼠聞了聞茶香，可不等他的嘴觸碰到茶杯，大廳裏突然傳來一聲 **喊叫**。

「天啦，快放下！」 是大力鼠的聲音。

大家都轉身朝他看去。

大力鼠繼續說：「我希望是我看錯了。我好

像看到了你的茶裏有什麼古怪……我不希望看到你**中毒！**」

福爾摩鼠困惑地看了他一眼，然後看了看茶。他神情專注地從口袋裏拿出一根鑷子，伸進茶杯，夾出……**一小片茶葉！**

大廳裏傳來一聲驚訝的感歎聲。

福爾摩鼠嘟囔道：「一片來歷不明的茶葉……史提頓，有鼠在我的茶裏動了手腳，而你卻完全沒有留神！快記下！**作為一名偵探的重要原則：絕對不可以走神！**」

我一躍而起。為什麼要我留意茶呢？

又有誰可以在福爾摩鼠的茶杯裏做手腳？

正當其他老鼠交頭接

耳之際，福爾摩鼠將那片**茶葉**放進一個膠袋仔細封好，並放在桌子上。

皮莉鼠小姐走過去收拾桌子：「啊，福爾摩鼠先生，有時候最好不要太相信老朋友！」我聽見她嘟嚷着，收走了茶杯。

「皮莉鼠小姐，
我會記住你的話！

應該是哪個粗心大意的售貨員在準備茶葉時出了錯，但是不管怎麼説……我的生日茶被糟蹋了！不如我們就直接進入今天最重要的環節，**案情介紹！**」

福爾摩斯鼠神色凝重的徑直走向桌子上放的一座塑膠擺設，代表着……怪鼠城警察局。

「親愛的偵探朋友們，現在這裏是**犯罪現場**！」他解釋道，「湯姆・特拉法警長的辦公室（*更準確的説，他的電腦*）。三個月前，這

裏存檔的所有警察局文件都**不翼而飛**了！很明顯，沒有老鼠闖入警察局大樓，也沒有其他網絡攻擊的痕跡。這到底是怎麼回事？

這還要靠你們來解開謎團！
這是一個福爾摩鼠式的案件。
你們同意嗎？」

在大偵探的示意下，皮莉鼠小姐走到靠牆的擺鐘跟前，上好鏈條，宣布：「**比賽正式開始。祝各位查案順利！**」

女管家剛剛離開，謎團大廳裏就傳來奇怪的**嘎吱聲**。聲音低沉綿長……然後突然變成一聲不對勁的「哐啷」！

大廳裏傳來賓客們害怕的尖叫聲（伴隨着雷克斯的犬吠聲）。我也嚇得跳了起來。直到那一刻，我才明白，**「哐啷」！**

到底發生了什麼事？原來，是那盞古老沉重

的水晶吊燈砸到地板上，
剛好就在福爾摩鼠剛剛站
在那說話的地方！

情勢……急轉直下！

　　謎團大廳陷入一片沉默，只聽見……扎克·扎爾斯的啜泣聲。

　　「要是我的糖果在這裏就好了。」他歎了口氣。

　　然後，又傳來一串**喊叫聲**。

　　「**嘿嘿嘿嘿嘿嘿呀呀呀呀呀呀！**」

　　正是他……**福爾摩鼠**！只見以一記靈活的功夫鼠招式從一地的吊燈碎片裏冒了出來！

「福爾摩鼠先生……這下我終於放心了!」乳酪小姐驚呼道。

「要是發生什麼**不好的事情**,我可受不了!」佐拉·扎爾斯夫人說。

福爾摩鼠微笑着說:「我最近的確疏於訓練,不過我的武術功底還是很好的!誰能料到這盞舊**吊燈**剛好砸下來(*而且是砸在我的身上!*)史提頓,你怎麼想?」

我撓了撓爪子,心想:有什麼是我應該想到的呢?!

我正要語無倫次地回答,幸好一陣**警報聲**救了我。

「到底又發生什麼事啦?」南希·頂禮鼠嘟囔道。

走廊裏傳來一陣腳步聲。

「福爾摩鼠先生,很抱歉打擾你。」皮莉鼠小姐從門後探進頭來,一臉擔憂地說,「我想告訴你,警報聲來自**懸案檔案室**。」

福爾摩鼠點點頭。「我這就去看看。請大家在這裏等我。除了我，誰都不可以進入檔案室！」

我們聽見他上了二樓，又從那裏走下通往地下室的秘密樓梯，但是我們來不及猜測那裏到底發生了什麼，就聽見一聲**喊叫聲**（啊啊啊啊啊！），接着是**「撲通」一聲**，最後⋯⋯是什麼東西旋轉移動的**噪音**（嗖，嗖，砰！）

這所有的聲音還伴隨着「**嗶嗶嗶**」的警報聲。然後，又傳來一聲討厭的**打嗝聲！**（又是扎克·扎爾斯。）

簡直一片混亂了！

「天啦，剛剛是什麼聲音？」大力鼠問道。

「那些聲音聽起來不妙！我們去看看吧。」麥吉鼠說，步履堅定地往門外走去。

大家都跟着他一直走到書房，通往秘密懸案

檔案室的樓梯就在那裏。

我們聽到皮莉鼠小姐呼喚：「福爾摩鼠先生？**福爾摩鼠先生?!**」

警報聲終於停了，但是換來的是又一聲大叫聲：「**啊！——不！**」

呃……我的鬍子已經焦慮得捲成了一團。

我們大家面面相覷，誰都沒有勇氣開口說話。倒是皮莉鼠小姐**神色不安**地從暗處走出來。

她掃視着我們，說：「福爾摩鼠先生遭遇了意外。他從樓梯上滑倒了。」她眼睛含着**淚水**，繼續說：「他不動，也不說話。我試着喚醒他，但是……」

她啜泣着：「福爾摩鼠死了。」

我的臉一下子煞白，像一塊莫澤雷勒乳酪。**這怎麼可能！**我一定是聽錯了！

「不……嗝！我不相信！」扎克‧扎爾斯驚

叫道，緊緊握着妻子的手。

「你確定⋯⋯他就這麼去世了？」托比亞斯探長問道，而雷克斯在一旁哀號。

皮莉鼠小姐點點頭：「我學過 **急救**。我知道我在說什麼。現在，請你們稍等，我這就通知警察局。」

女管家拿起**書房**裏的電話。

「當真太奇怪了。」她沉默了幾秒鐘，喃喃道，「電話沒有訊號。我們與外界隔絕了。」

「我們大家的手提電話都鎖在保險箱裏！」南希嚷嚷道：「你們現在知道我為什麼總是隨身帶着緊急備用電話了吧？」

皮莉鼠小姐搖搖頭：「看來，我只能親自跑一趟警察局了。」

她再次走下樓梯，鑰匙轉了兩圈，鎖好檔案室的門。然後，她朝着廚房走去，嘟囔道：「請容我為你們再添一次茶……」

「你需要幫忙麼？」乳酪小姐問道。

「不用擔心，史提頓先生會幫忙！」

我點點頭：「當然了，皮莉鼠小姐！」

片刻之後，福爾摩鼠家的女管家已經推着那台茶點小推車回來了。

她來到我身邊，遞給我一個茶杯，說：「謝利連摩，給你！如果你可以幫忙……我會十分感

謝！這款茶也是福爾摩鼠喜歡的，要在常溫的時候品茗⋯⋯哎呀！」

「**啊！**」我被嚇了一跳，尖叫起來。

皮莉鼠小姐把 茶杯 裏的茶灑到了我的上衣上！

「哎喲，對不起⋯⋯快去沖洗一下！這款茶的茶漬很難去除。」女管家説。

有那麼一瞬間⋯⋯我好像出現了幻覺⋯⋯好像她衝我使了個眼色？！**奇怪！**

我衝進洗手間，而皮莉鼠小姐為大家一一沏好茶後出了門。

調查

「你這是什麼表情？
怎麼好像撞到了
幽靈似的！」

夏洛特·福爾摩鼠

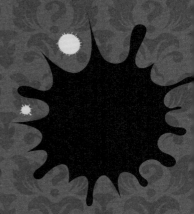

鏡子裏的幽靈

我關好洗手間門，打開水龍頭。

我感覺那不過是一塊普通的**茶漬……**天知道為什麼皮莉鼠小姐一定要我立刻清洗！

我搓啊搓，搓啊搓，**再搓啊搓，**直到整件外套都打濕了，而茶漬還是沒洗掉……**咕吱吱！**

「為什麼，為什麼，為什麼這種事總是落在我的頭上！」我嘟嚷道。

「史提頓，因為你真的
非常粗心大意！」

以一千塊莫澤雷勒乳酪的名義發誓，是誰在跟我說話？！

我猛地轉身，不過沒有任何鼠。

然後，我照了照鏡子，深深的黑眼圈，臉看起來可怕！

也許是我 壓力 太大產生了幻覺？

就在那時，我發現鏡子裏的一雙眼睛在滋溜溜地轉？！

等一下，那不是我的眼睛！

轉眼間， 鏡子 從裏面打開了，有鼠從鏡櫃後面的暗道裏探出頭來……
沒錯，親愛的讀者朋友們，就是他，
福爾摩鼠！

我嚇得剛要尖叫，福爾摩鼠急忙制止了我。

「史提頓，你這是什麼表情？怎麼好像撞到了**幽靈**似的！」他揶揄道。

他待我冷靜下來，繼續說：「和往常一樣，你總是心不在焉。一名經驗豐富的**偵探助理**應該很快就能反應過來，洞悉我去世的消息是……假的！」

我結結巴巴地問：「為什麼呀？」

「你告訴我為什麼！加油，用你已經學到的技能試着解釋看看！你告訴我，正常情況下，在我家會碰到**意外**嗎？」

「呃……好像是從來沒有發生過！」

「很好！今天，到底發生了多少次奇怪的事情？」

我仔細回憶道：「嗯，你一開始是喝不了茶，因為……**茶有毒**！然後，吊燈突然掉了下來……」

「是有鼠**故意設計**的！」

「最後……你還在通往懸案檔案室的樓梯上摔了下來！」

「因為在樓梯上被刻意放了彈珠！不過，我以一記功夫鼠的招式（當天第二次使用），避開彈珠，從樓梯扶手上滑了下去，絲毫沒有傷到我的一根鬍子。史提頓，你覺得樓梯上怎麼會出現**彈珠**呢?!」

我想了想，大聲說：「沒錯！一定是又一次**蓄意傷害**的陰謀！」

福爾摩鼠點點頭，說：「史提頓，那麼我們可以得出什麼結論？」

我嚇得一身冷汗，因為答案只有一個。

「有鼠……想除掉你？」我回答，鬍子像撞了貓一樣的不停地顫抖。

「非常好，史提頓！
我（幾乎）很欣慰，
你的進步很大！

你已經做好準備，（幾乎）可以獨當一面，獨自

45

查案了！」

「**查案？？？**」我問道，「福爾摩鼠先生，你說的是什麼案子？」

「史提頓，這還不清楚嗎？！現在，那名**兇手**以為已經成功除掉了我，這樣更方便你揭開他的身分。而要揭開他的身分，你得**暗中調查**！」

我的臉又一下子煞白，像一塊莫澤雷勒乳酪，「要我抓住那個兇手？」

福爾摩鼠鼓勵我道：「史提頓，加油！別這副表情了！我會盯着的。我會利用這座老房子裏的許多**暗道**，一步一步地給你指導！不過，我需要你變成我的眼睛、我的耳朵，和我的爪子！**作為一名偵探的重要原則：隨機應變！史提頓，快記下！現在，請你聽好了……**」

他剛要說什麼，突然傳來敲門聲。

「史提頓先生，你在裏面嗎？」是麥吉鼠探長粗獷的聲音，「大家都在等你回謎團大廳。只有偉大的福爾摩鼠偵探的助理可以幫助我們解釋剛剛發生的 **悲劇**！」

我有些驚訝，支支吾吾地說：「呃……好，當然，我這就過來！」

我轉身看着鏡子，福爾摩鼠已經不見了，只看到自己的**倒影**，難以置信地盯着我看！

呃……難道一切都是我的幻覺？

我搖搖頭。**不，福爾摩鼠還活着，他需要我！**

我，他的偵探助理，絕對不可以令他失望！

我洗了把臉，整理了一下思緒，回到了大廳。

我發現其他偵探正在激烈地討論。

「各位，各位！請安靜！」**大力鼠**說，「偉大的福爾摩鼠偵探突然離世，我們大家都很震驚。不過，我們得決定，下一步該怎麼辦！」

「這不是顯而易見嘛……」**南希·頂禮鼠**說，「我們得查出是誰殺了他！」

「可是……你真的覺得福爾摩鼠先生是被謀殺的嗎？」**乳酪小姐**說話的聲音抖得厲害，比羅比歐拉乳酪還要抖。

「當然，這還不清楚嗎？」**麥吉鼠**迅速接話道，「他不可能那麼輕易地從樓梯上滑倒！」

托比亞斯探長也點點頭：「先是茶，接着是吊燈，最後還有神秘的致命意外。這根本不可能都是巧合！」

就連雷克斯也汪汪汪地表示同意。

「嗝！」扎克·扎爾斯啜泣道，「我覺得福爾摩鼠一定也希望我們調查此案！所有這些企圖 **謀殺** 行動全部都在今天發生，這個房子裏……我認為，我們可以確定的是，兇手是我們其中一個。」

在場的老鼠全部打了一個 **冷顫**，從鬍子尖到尾巴尖。緊接着，大家都相互審視，相互打量。

「親愛的，我也覺得你説的對。」佐拉牽着丈夫的手，附和道，「鑑於這個原因，我覺得在我們的調查過程中，誰都不可以落單。我們得 **互相監督**。你們同意嗎？」

麥吉鼠點點頭：「夫人，我贊同！我們可以兩鼠一組，分散到各個房間找 **線索**。」

「我可以從廚房開始。」大力鼠從小桌子上

拿起裝着可疑 **茶葉** 的膠袋，堅定地說，「有毒的茶杯應該還在那裏！」

雷斯克汪汪叫着湊了過去，好像很想加入他一組！於是，托比亞斯跟大力鼠一起去了廚房。

幾分鐘後，所有的 **偵探** 都找到了搭檔。扎克和佐拉夫婦毛遂自薦調查落地的吊燈，麥吉鼠提議 **檢查** 屋子所有的入口（*因為我們需要確定沒有鼠從外面潛入屋子！*），南希加入了他。最後只剩下我和……

「親愛的謝利連摩，你願意和我這個老太婆一起去檢查書房嗎？」乳酪小姐一邊提議，一邊往樓上的方向走去。

作為一名 **紳士鼠**，我牽着她的爪子回答，「榮幸之至！我扶你上樓梯！」

我們慢慢走到了 **書房** 門口。

「謝謝你！你真的很紳士！福爾摩鼠真的

50

很幸運找到這麼好的助理……還願意寫他的 **偵探歷險故事！** 謝利連摩，我可以想像你有多麼傷心……那麼，你往後準備寫誰的偵探故事？」

我剛要支支吾吾地回答這個尷尬的問題，廚房裏傳來桌布撕破的**聲音**。呲！

然後，我差點被警犬雷克斯撞倒。牠猛地衝上樓梯，徑直朝樓上奔去。大力鼠跟在牠身後……

準確地說，**大力鼠**被雷克斯拖着跑，勉強保持着平衡。

托比亞斯從廚房裏召喚他的警犬，卻沒有成功。

發生什麼事了？

片刻之後，我聽到房頂傳來一聲**喊叫**，緊接着……「**撲通**」一聲！

咕吱吱！刻不容緩，我得趕快去看看……不過，我不能讓乳酪小姐離開我的視線！

我們終於（一起）趕到了房頂，我看到大力鼠穿着衣服**泡**在游泳池裏。奇怪，要是想跳水，難道不應該換上泳衣麼？

我聽到他尖叫：「**天啦，朋友們！快救救我！！！**」

我這才注意到幫助福爾摩鼠訓練的那條可怕的水虎魚正全速朝他游去！**啊，不要吧！**

　　托比亞斯跑過去，向大力鼠伸出手，而警犬雷克斯轉眼間就跳進了水裏，將那個倒霉蛋拖上了岸。

　　大力鼠得救了……**不過，到底怎麼回事？**

　　聽到喧鬧聲，偵探夫婦也很快趕到了屋頂。就在那一刻，大家的目光都投向托比亞斯探長。或許只有他可以向大家解釋到底發生了什麼事！

浸泡的……線索

警犬雷克斯把身上的水抖掉。麥吉鼠和南希也趕到了，剛好趕上托比亞斯的敘述。

「我們剛剛在廚房裏。大力鼠讓警犬聞之前福爾摩鼠茶杯裏發現的**茶葉**。聞了之後，雷克斯就開始跑，一直拖着大力鼠跑到這裏……其他的，我也不知道。等我趕到的時候，我們的朋友大力鼠已經在 **泳池** 裏了。」

就在那時，大力鼠湊到他身邊，結結巴巴地說：「天啦，我的朋友們⋯⋯抱歉！我不想 **感冒** ！我得趕緊去擦一擦。」

這樣，他急忙跑下樓，身後跟着托比亞斯探長和雷克斯警犬，因為牠也需要弄乾身上的水。

待他們走遠，我問道：「你們覺得大力鼠探長是意外滑倒，還是⋯⋯有鼠**推**了他？」

乳酪小姐非常不安地說：「我擔心他是被推下去的！也許扎克說的對，**兇手** 就藏在我們當中⋯⋯**他想一個一個地除掉我們！**」

「嚇！」扎克大聲問道，「乳酪鼠小姐，可是，你到底怎麼確定大力鼠是被推下去的呢？有沒有可能是因為他追着雷克斯跑，然後不小心滑倒了？」

我想了想，說：「扎爾斯先生，我同意你的說法。如果是被推下去，大力鼠應該立刻就有所察覺！」

乳酪小姐不太認同，擠出一個微笑，反駁道：「但願如此！但是，我想我們最好還是**睜大眼睛**，提高警惕⋯⋯」

我感到有什麼東西不對勁，我的腦袋瓜好像在嗡嗡作響⋯⋯

等一下！還真的有什麼東西在嗡嗡作響。

嗡嗡嗡嗡嗡嗡嗡嗡！

我低下頭，看見泳池裏冒出一個微型**潛水玩具**，就在我的腳邊！

我趁大家不注意，趕緊從水裏撈起玩具。玩具裏插着一張**字條**。我急忙偷偷打開看，不想引起其他鼠的注意。

我差點跳了起來，字條是福爾摩鼠寫的！

有時候，我們要找的東西就在眼皮底下……
要留意觀察！
史提頓，你不是一個傻瓜。
第一條線索就在你眼前！

在我眼前？會是哪裏呢？

他到底想説什麼？

難道要我跳進泳池？我可不想成為**水虎魚**追逐的對象！還是先看看身邊有什麼吧。

第一條線索

你們也發現眼前有什麼異樣了嗎？

我看啊看，看啊看……

又看啊看……

我終於明白了！

泳池邊有一隻……**園藝手套！**

手套怎麼會出現在這裏？

首先，福爾摩鼠非常整潔。大家都知道，他絕不會亂放東西！

第二，為什麼只有**一隻手套？**

我指着手套，向其他偵探說道：「如果我的直覺沒錯，大力鼠應該是從那裏滑倒的！」

佐拉贊許地看着我：「*謝利連摩，好眼力！* 現在，我終於明白，為什麼偉大的福爾摩鼠選你做偵探助手！」

「*嗝！毫無疑問，一流的觀察力！*」扎克補充道，「沒錯，園藝手套不應該出現在這裏，但是……看那邊！」

他指着屋頂另一邊的**溫室**。

「哦，親愛的謝利連摩，你認為兇手是故意把手套放在那裏的嗎？」乳酪小姐喃喃地説。她看起來臉色非常蒼白。

「呃，我，這麼説吧……**我不覺得**……其實，我也説不好！」我語無倫次地説。

扎克也很困惑：「嗝，也許，我們可以在溫室裏找到**問題**的答案！嗝，史提頓先生，你願意陪我一起過去看看嗎？」

「各位，我在這裏等你們。」乳酪小姐揮了揮手，説，「這麼多狀況讓我有點疲憊！」

佐拉指着躺椅説：「乳酪小姐，你來這裏坐坐。我留下來陪你……」

我深吸一口氣，非常非常小心地撿起手套，放進**查案套件**（福爾摩鼠為我們準備的，真是太有用了！）的膠袋裏。接着，我就跟着扎克·扎爾斯前往溫室。

59

「我檢查右邊，你負責左邊。」我的搭檔提議。

温室裏好像並沒有什麼奇怪的地方，滿眼都是福爾摩鼠精心培育的**多肉植物**，以及一些園藝工具。

等一下！我的目光停留在門旁邊的小桌子上。工具框裏有一隻手套……和我之前在泳池邊發現的一模一樣！而且，這是一隻**右手手套！**

我拿起那隻手套和我之前發現的那隻（*剛好是一隻***左手手套！**）進行比對。果然是一模一樣的！扎克·扎爾斯的直覺是對的。疑犯從温室裏拿了一隻手套，然後扔在或者落在泳池邊！

我對自己的**發現**很滿意，將第二隻手套也放進膠袋。就在那時，我發現我的口袋裏出現了……

另外一張字條。

那是福爾摩鼠提供的 **第二條線索** ！誰知道他是怎麼放進我的口袋的……

> 我確定，那片用來毒害我的葉子來自溫室。請你要把葉子所屬的植物找出來！

我又重新觀察四周……溫室裏的植物看起來都一樣啊！

你能找出第30頁出現的那片葉子屬於哪棵植物嗎？

我聚精會神，瞇起眼睛……

「史提頓先生，我發現了這個！」離我幾步之外的扎克說，「你覺不覺得這些葉子和福爾摩鼠從**茶杯**裏撈起的葉子一樣？」

什麼什麼？他在我前面找出線索了！

我捲起（假）鬍子，激動地說：「扎爾斯先生，看來你和我的結論相同！我這就摘一片葉子做樣本……」我伸長爪子。那盆植物在第二排墊高的平台上的右方第二個。扎克制止了我。

「別碰！*致命毒株的***毒**可不是鬧着玩的！」

咕吱吱！我趕緊往後跳了兩下，然後從查案套件裏拿出**鑷子**，小心翼翼地湊過去採了一片葉子，並將樣本裝進另外一個膠袋。

然後，我們離開溫室與其他偵探會合。

「我們發現了警犬**雷克斯**跑到屋頂的原因!」扎克宣布。

「我們在溫室裏發現了用來毒害福爾摩鼠的茶葉來自什麼**植物!**」

「這就對了!」佐拉打斷他,「托比亞斯探長說,雷克斯**聞**了那片茶葉之後就開始追蹤……牠一路跑到溫室,大力鼠剛好滑倒!」

「親愛的朋友們,關於手套,你們有什麼發現嗎?」

「手套從來都是一對!」我自豪地說。

我看到同伴們**困惑的眼神**,才意識到我的話說得不太明白,於是我向大家展示了我的發現。

扎克解釋道:「兇手從溫室裏拿了一隻手套採摘毒葉子(*相信我,那棵植物真的***奇毒無比**)。他把葉子放好後,應該不小心把手套落在泳池邊上……嗝!謝利連摩在溫室裏找到了另外一隻手套。」

南希和麥吉鼠就在那一刻也趕到了屋頂。南希說：「也就是說，我們進入大廳的時候，**葉子**已經在福爾摩鼠的茶杯裏，那麼 兇手 應該在比賽開始之前就已經來過屋頂！」

　　她指着扎克·扎爾斯說：「要是我沒記錯的話，你很晚才進入大廳，雖然你很早就通過了入場測試！中間那段時間，你去哪兒了？難道你就是殺手？」

　　扎克立刻辯解道：「嗝！我的確來過屋頂，不過只是上來透透氣！**謎團錦標賽**開始了，我心情有點激動，嗝！我擔心我又會哭……嗝！

而且後來我確實又哭了！」

南希將信將疑，不過還是說：「親愛的扎克，這倒像是個 合理的解釋 ，不過你好像對植物頗有研究啊！」

他聳了聳肩膀，有些不耐煩：「我是一名植物專家，在這一領域有不少著作。親愛的南希，我很驚訝，你對此一無所知。」

南希臉「刷」的一下紅了，只好說：「我們都進屋去吧，調查還要繼續。」

然後，她若有所思地走下樓梯。

閃爍的訊息

　　我和其他偵探一道跟着南希下了樓。在室外待了許久，屋裏昏暗的光線讓我突然眼前一抹黑。以一千塊莫澤雷勒乳酪的名義發誓，這也**太黑**了吧！

　　不過，正因為這樣，我留意到一個燈泡正忽明忽暗地閃着光……**奇怪！**福爾摩鼠的家裏從來沒有任何東西運作不良的……於是，我陷入沉思。突然，我靈光一現，想起了福爾摩鼠教過我

的話：**作為一名偵探的重要原則：隨時留意細節！**

我等大家都走開後，仔細看個究竟。燈泡的閃光原來是有規律的，其中的明暗間隔時間總是一樣的。

長明，短明，長明。

這個節奏似曾相識……

我仔細想了想。對了！線……點……線……

這是利用**摩斯密碼**發出的訊息！

大概是福爾摩鼠想告訴我什麼，通過在暗道裏控制燈泡明暗的方法向我傳達訊息。

我聚精會神：**線，點，線。**

應該是一個數字或者一個字母。終於，我想起來了：這個信號表示英文字母 **K**！

可是，他到底想說什麼呢？

一位賓客的名字？不太像。

一個房間？也不是。

也許是一個詞的首字母？呃……

那到底是什麼詞呢？奇異果（Kiwi）……樹熊（Koala）……柏林果醬包（Krapfen）……功夫鼠（Kungfu Rat）？

還是指字首發音是/K/的詞語……我歎了口氣，萬分沮喪。

不過，就在我要放棄的時候，我突然記起福爾摩鼠家裏的確有一個 CAPPA （意大利語的意思是：抽油煙機），就在廚房裏！

咕吱吱，我得立刻去看看！我扔下其他在謎團大廳裏的賓客，迅速趕往廚房。

我上氣不接下氣地進入廚房，四處觀望。

好像沒有什麼特別的，**難道是我判斷錯了？**

我把頭伸進抽油煙機想看個究竟，沒想到福爾摩鼠竟突然從抽油煙機裏探出頭來瞪着我。

「**史提頓，做得好！你讀懂了我的訊息！**看來，我給你上的偵探課還是很有

成效的！」他激動地說。

　　我被他嚇了一跳，撞到了抽油煙機上掛着的各種廚具……**啊呀！**

　　福爾摩鼠並不在意，繼續說：「快點把你之前在泳池邊找到的手套給我。我得仔細檢查**兇手留下的痕跡！**」

　　我把手套交給他，同時抓住機會請他解釋一個我一直想不通的細節：「到底你是什麼時候把有關溫室的那張**字條**塞進我的口袋的？」

福爾摩鼠格格笑起來，朝我使了個眼色。

「**史提頓，基本演繹法**！你想想看，上一次我們是什麼時間見面的？ 在洗手間 裏我正要跟你說毒茶葉的事情，剛好有鼠敲門，我們的對話被迫中斷了！」

咕吱吱！我怎麼就沒注意到呢？

「趕緊去和其他偵探會合吧。」我的朋友說，「別忘了，仔細檢查謎團大廳。我覺得那裏應該還有其他 線索 ！」他一臉神秘莫測，說完便消失在抽油煙機裏。

我回到謎團大廳，發現大家已經重新 分組 搭檔 。我現在的偵探搭檔變成了……

「謝利連摩，你剛剛跑去哪兒了？快點！」南希步履堅定地朝我走來，責備道，「我想從謎團大廳這裏重新展開調查！你覺得怎樣？」

「當然可以，我……」

「太好了！你看看吊燈的 吊繩 。有沒有發

現什麼異常？」

「我應該看什麼？吊繩不是已經斷了嗎？」

南希嘟囔着說：「是的，可是吊繩是怎麼斷的？」

她不等我回答，繼續說：「你看見了嗎？這裏有一道**割痕**，好像是刀片割的，不過沒有完全割斷。那個兇手做了這個手腳，希望繩子可以自行扯斷。所以，你看，割痕的旁邊，是繩子扯斷的痕跡！我們現在得弄清楚到底是什麼導致繩子**徹底斷開**。」

我讚賞地看着這隻年輕的女鼠，她真的非常機敏！

「現在，是的，沒錯！」我支支吾吾地說。

「你說什麼？**現在？！** 對啊！我之前怎麼沒想到呢……*也就是時間！* 時間就是我要找的線索！皮莉鼠小姐給掛鐘上了發條，啟動了**謎團錦標賽**！我打賭……」

我一頭霧水地跟着南希來到牆邊的擺鐘跟前。

很明顯，這時鐘已經許久沒有擦拭了，因為**一條蜘蛛絲**直接飛進了我的鼻子裏。真討厭啊！

我伸出手想扯開蜘蛛絲，不過我試了幾次……怎麼都抓不住那根蜘蛛絲！

南希湊過來，好奇地看着我。

然後，她開始 **模仿** 我的動作（*可是為什麼呀？*）她的手在頭頂上方揮動，就好像想抓住什麼東西……

突然，她興奮地大聲說：「謝利連摩，你越來越聰明了！原來，這就是我們要找的東西：一條**非常非常細的魚絲**，幾乎完全看不見！魚絲極有可能連着擺鐘的機械。當皮莉鼠小姐上好鏈條，擺鐘開始走針時，這根魚絲就越來越緊，**拉扯**着吊燈的吊繩，直到把吊繩扯斷！你應該之前就想到了，對不對……」

我一躍而起：「所以，兇手是……皮莉鼠小姐？!」

「*絕對不是！*」**大力鼠**插話道。他剛和佐拉一起穿過走廊，進入謎團大廳，「這件事跟皮莉鼠小姐無關。不過，我們倒是可以推斷，兇手應該

認識福爾摩鼠很久了……他應該知道福爾摩鼠會讓女管家給擺鐘上鏈條，啟動一年一度的比賽。所以，南希小姐應該解除嫌疑了！」

「還不止這個！」佐拉補充道，「兇手應該非常了解吊燈**墜落的軌跡**，所以可以提前設計，剛好砸在福爾摩鼠站立的位置。也就是說，他很清楚福爾摩鼠總是會站在那個位置宣布神秘案件的**調查**開始！」

大力鼠瞪大眼睛看着佐拉，說：「天啦，你說的很有道理！那麼，我們可以推斷出兇手應該參加了很多次**謎團錦標賽**，而且熟知比賽的各個環節。」

南希狡點地笑着說：「也就是說，我和謝利連摩都可以解除嫌疑了！」

呼！我也長舒一口氣，不用被當成懷疑對象的感覺真好。不過，我有點**心不在焉**。

我感覺好像有什麼東西在瞪着我，已經好幾

分鐘了⋯⋯真的，就在我身後的書架上，有**一雙眼睛**一直瞪着我！

　　我克服心中的膽怯，湊過去一看究竟，但是⋯⋯

　　「啊呀！」我一聲尖叫。一個（貓形狀的）**擺設**正瞪着我的木瓜腦袋。

　　幸好我的偵探好友們正在熱烈討論着，沒有誰留意到我。於是，我抓住機會，趕緊閃到一邊，仔細觀察那件擺設。貓爪子下面藏着一張字條，看起來像是 **第三條線索** 。

　　兇手的身分正在逐步浮出水面！
　　書架上還有一個兇手留下的痕跡。
　　史提頓，你發現了嗎？

　　呃？兇手留下的痕跡？書架上。我怎麼覺得書架沒有什麼異常啊，滿眼都是**書**⋯⋯書架疊着書架⋯⋯**書**疊着**書**⋯⋯

你留意到什麼異常了嗎？

以一千塊莫澤雷勒乳酪的名義發誓，我真的看不出來啊！

我開始大聲唸那些 **書名**：《女管家日記》、《完美調查實用建議》、《喬裝藝術》、《每日應用物理》、《新年新目標》……都是不同類別的書籍！不過……等一下！書架上的書應該是嚴格按照書名的**筆劃順序**排列的。《每日應用物理》好像放錯了地方！

應該是有鼠急急忙忙翻看了這本書，然後沒有來得及按照書名的筆劃順序排好。所以，書**放錯了位置！**

我的鬍子激動得不停地顫抖。我拿起書檢查。這是一本舊版物理書，裏面有一根紫色的書籤繩。我打開書籤繩分隔的書頁，看到章節名是「**彈珠和其他球體：滾球的藝術**」。奇怪！為什麼會有鼠對彈珠滾動的原理感興趣呢？

這一次，我又想起福爾摩鼠教我的話：**作為一名偵探的重要原則：記住所有細節！**

我左思右想……我好像在哪裏聽到大家討論彈珠，是什麼時候來着？突然，我想起來了。正是福爾摩鼠！他告訴我，有鼠在通往檔案室的樓梯上放了一把彈珠，希望他會滑倒……或者，準確地說，希望他**滾下**樓梯！

所以，翻書查閱的老鼠應該就是（還沒有抓到的）兇手！

就在那時，我突然想到一個**好主意**。

我清了清嗓子，以一名真正的偵探的語氣（*就是福爾摩鼠查案時的那種語氣*），說：「親愛的朋友們！我覺得，我們只有一個辦法能鎖定兇手，那就是檢查**犯罪現場！**」

大家都轉頭看着我。

「史提頓先生，我剛剛也得出了這個結論！」大力鼠說。

「謝利連摩，很棒，這個點子不錯！」南希表示贊同，「那我們就一起去檔案室吧！我確定，我們離結案不遠啦！」

嫌疑鼠的範圍越來越小

進入書房，我立刻衝向通往懸案檔案室的樓梯。我像離弦之箭一般快速走下樓梯，卻被擋在了檔案室門口。準確地説，我一下撞到門上……

砰！

「啊呀，真是撞到貓一樣的疼啊！」

直到這時（已經太晚了），我才想起管家皮莉鼠小姐離開之前給門上了鎖。

「史提頓先生，你沒事吧？」佐拉·扎爾斯夫人擔憂地問道。

「呃，說真的……沒有之前好！」我一邊支支吾吾地說，一邊努力把（假）鬍子貼回原位，「我們怎麼才能進去呢？」

大力鼠捋了捋（真）鬍子，說：「其實，我剛剛還在想：福爾摩鼠會允許我們進入檔案室嗎？大家都知道，出於某種原因，福爾摩鼠從來不允許任何老鼠進去！」

「大力鼠，你想多了！」佐拉說。她從頭髮裏抽出一根髮夾，塞進鎖裏。「可惜福爾摩鼠已經不在了。我們得揭開兇手的真面目！這才是我們的朋友希望看到的……」

沒過多久，「咔嚓」一聲，門開了。

我羨慕地看着佐拉。

「福爾摩鼠先生，怎麼啦？你不了解髮夾的百變用途嗎？」她微笑着對我說。

「我們進不進去？」南希推開門，問道。

就在我的偵探伙伴們走下旋轉樓梯的時候，我突然想起福爾摩鼠……**他還活着！**他就躲在家裏的暗道網裏。要是大家在旋轉樓梯下面發現他其實還活蹦亂跳的該怎麼辦？

我開始渾身冒冷汗，但是我已經來不及阻止大家下去，只能寄希望於……

《唉，可憐的，可憐的福爾摩鼠！》佐拉打開燈，惋惜地說。

幸好，老鼠島上最偉大的偵探還真的在那裏，看起來一動不動地倒在地上。

我鬆了一口氣。

福爾摩鼠⋯⋯
果真不是個傻瓜！

我們分頭行動在檔案室進行搜查。我負責尋找神秘的**彈珠**。

一眨眼的工夫，我就找到了！其實，我也不太確定那些究竟是不是我們要找的彈珠⋯⋯只見倒在樓梯下面的福爾摩鼠身邊有三顆表面粗糙的白珠子。**奇怪**！

「謝利連摩，我想你應該已經找到了導致福爾摩鼠滑倒的東西！」南希恭喜我道。她彎腰撿白珠子，隨即尖叫道：「這東西的**氣味**怎麼這麼難聞啊！」

就在那時，我聽到有老鼠的腳爪刮擦樓梯的聲音。很快，警犬**雷克斯**就現身了，正全速奔跑！以一千塊莫澤雷勒的名義發誓，牠在那裏幹什麼呢？

牧羊犬朝着彈珠跑過去，仔細**聞了聞**，又如離弦之箭朝着樓上跑去。

我們幾個面面相覷，最終還是決定跟着牧羊犬過去看看。

雷克斯來到謎團大廳，**乳酪小姐**正在和大力鼠聊天。牧羊犬一下朝着年邁的女偵探撲了過去，激動地叫個不停。

以一千塊莫澤雷勒乳酪的名義發誓，她在説什麼？

「快過來，**貪吃鬼！**」乳酪小姐撫摸着牧羊犬的頭大聲説。

然後，她從手袋裏拿出一袋她親手做的**小餅乾**。

雷克斯則聚精會神地「嘎吱嘎吱」吃起來，

「乳酪小姐，請你原諒！」托比亞斯警長與扎克·扎爾斯一起追來。他解釋道：「雷克斯特別喜歡你做的 **餅乾！**」

女偵探微笑道：「我知道。我的廚藝得到欣賞，也讓我倍感榮幸！」

然後，乳酪小姐轉身對我們說：「雷克斯找到了餅乾。你們呢……有什麼發現麼？我很好奇！」

南希打開手帕：「這就是檔案室樓梯附近的 **奇怪彈珠**。我們猜測，福爾摩鼠就是因為這些彈珠 *滑倒* 的。」

「天啦，這些根本不是彈珠！」大力鼠仔細查看這些彈珠，又聞了聞，繼續說：「我說的沒錯。這其實是 **樟腦丸**。史提頓先生，我說的沒錯吧？」

我剛把鼻子湊到南希的手帕上，就打了一個噴嚏！「**好難聞的氣味！**」……

85

等一下……我好像在哪裏聞到過這種氣味?!我知道樟腦丸有驅蟲的作用,可以驅除地毯、衣服、帳篷裏的**蚊蟲**……

終於,我想起來了!我確定,我找到了

第四條線索!

你還能回憶起來,
謝利連摩在哪裏碰到過樟腦丸嗎?

「我想起來了!」我大聲説。其他人都不明所以地轉身看着我。「今天早上,我走到福爾

摩鼠的家的時候，碰到了一名速遞員。他戴的帽子上寫着……嗯，沒錯，『**窗簾和帳幕**』。他的制服上散發着很濃烈的樟腦味。原來兇手是他！」

麥吉鼠很平靜地看着我，説：「史提頓，這個線索很重要，但是我很難想像一名 **速遞員** 會有什麼殺害福爾摩鼠的動機……」

南希也表示贊同：「沒錯，而且我們一直在強調，殺手應該是我們當中的一個……不過，這條線索確實**太奇怪了**！」

大力鼠捲起鬍子説：「*的確*！也許這名速遞員只是計劃的執行者呢？」

「*嗝*！那麼，兇手應該還在我們當中！」扎克緊緊握着佐拉的手，總結道。

乳酪小姐歎了口氣，眼睛裏滿含了**淚水**。

「*親愛的朋友們，不好意思。現在的情形實在是太糟糕了……我得出去走走，散散心*！」

她緩慢地起身，柱着拐杖，走出大廳。

我們其他偵探們仍然留在大廳裏，帶着**懷疑**的目光相互審視……我們當中到底誰才是兇手呢？

隨後，我們聽到一聲**喊叫**：是乳酪小姐的聲音！

又一宗意外

　　我們大家一齊跑到紀念品室，發現受到驚嚇的乳酪小姐指着一隻正在冒煙的登山鞋。

　　以一千塊莫澤雷勒乳酪的名義發誓，這可不是什麼好兆頭！

　　片刻之後，「砰」的一聲，那隻鞋爆炸了，空氣裏頓時瀰漫着……（乞嚏！）濃烈的煙霧（乞嚏乞嚏！）。

我們大家都開始不停地打噴嚏！

乞嚏！ 乞嚏！ 乞嚏！

親愛的老鼠朋友們，你們可以想像嗎？扎克甚至一邊**打噴嚏**，一邊哭……

幸好，佐拉很冷靜，急忙衝過去打開**窗戶**，控制住了形勢。她是我們當中唯一一名反應冷靜的老鼠！

煙霧慢慢散去。

我們終於可以看見四周。佐拉隨即問道：

「**麥吉鼠警長**，你的口袋裏是什麼？」

麥吉鼠一臉驚訝地把手插進風衣的口袋，從裏面拿出……

「嗝！這不就是『窗簾和帳幕』公司的帽子嗎？！」扎克難以置信的尖叫道。

「天啦！我簡直不敢相信！」大力鼠附和道，「那個**搞破壞**的老鼠原來是你！」

「朋友，你開玩笑吧！」麥吉鼠警長扯着嗓子吼道，「這麼多年的情誼，你居然懷疑我？一定是有老鼠乘着煙霧瀰漫的時候故意把帽子塞進我的口袋來陷害我！」

乳酪小姐傷心地看着他，說：「我本來還想給你做蛋糕！難道是我錯信你了？」

接着，大家七嘴八舌地表達意見，場面一度

混亂！

可是，我也有話要說呢……

我故意乾咳兩聲，希望引起大家的注意，但是大家繼續在那裏七嘴八舌。

我又大聲清了清嗓子，不過一點用也沒有。

於是，我跳到椅子上，大聲說：「大家安靜一下！我有話要說！」

大家這才安靜下來。我盡可能組織好語言，宣布說：「對不起⋯⋯呃，我是想說，麥吉鼠警長有**不在場證據**，可以排除他的嫌疑。他不可能是那名快遞員，因為我來這裏的時候，看見他在門口回答皮莉鼠小姐的問題。剛巧那個時候，我和那名快遞員撞了個滿懷！」

大力鼠回答：「史提頓先生，你說的有道理。麥吉鼠警長不可能同時出現在兩個現場。但是，請你不要忘了，我們剛剛的假設是快遞員可能只是這起**兇殺案的同夥**⋯⋯」

「也就是說，你的目擊證詞並不能解除麥吉鼠的嫌疑。」佐拉總結道。

「我的朋友們，這也太離譜了！你們到底是什麼意思？我到底有什麼動機**要福爾摩鼠先生的命！**」麥吉鼠難以置信地說。

大家又開始七嘴八舌地討論，沒有老鼠在意他在說什麼。我感覺好像有鼠在看着我！

福爾摩鼠應該就藏在我附近什麼地方！要是我的耳朵沒有聽錯的話……他現在應該在偷偷笑！

我環顧四周，看啊看，看啊看，終於……我留意到牆上掛的一幅畫在朝我**使眼色**！我趁大家不注意，也朝他眨了眨眼。

畫裏的福爾摩鼠的目光連續朝窗户的方向移動了三次。

我朝那個方向望去……以*一千塊莫澤雷勒乳酪的名義發誓！！！*

窗户玻璃上……有一塊奇怪的 **污漬**！

我用袖子擦了擦，滿意的笑了。你們怎麼看？老鼠島上最著名的偵探根本就是個潔癖，他無法忍受任何的髒亂，哪怕是在調查自己（假）**死**的案子時！

我轉過身，發現福爾摩鼠對我翻了個白眼，好像在說：「史提頓，你沒明白我的意思！」

我仔細想了想……哦……原來是這樣！我要檢查的不應該是窗戶，而是從窗戶往外看！

我從窗台探出頭去，發現圍牆上有……一張 **海報**？怎麼可能呢？

啊，不是！那不是海報，而是一條密碼訊息。應該是福爾摩鼠給我的 **第五條線索**！

我急忙試着破解密碼，但是……我根本一點都看不明白！福爾摩鼠就不能再給我塞一張字條嗎？

ASSEMBLE NOW!

Aa Bb Cc Dd Ee Ff
Gg Hh Ii Jj Kk Ll Mm
Nn Oo Pp Qq Rr Ss Tt
Uu Vv Ww Xx Yy Zz

你們能讀懂這個秘密訊息嗎？

我努力躲開正在激烈討論的偵探們的注意，嘗試着**解碼**。這好像是一個隱藏訊息，跟**英文字母**有關……沒錯，應該就是這樣！於是，我將海報上的英文口號的意思，果然是一個指示……

讓大家集合，
按照名字的首字母順序就坐！

奇怪！誰知道福爾摩鼠為什麼要大家按照名字的**首字母順序**就坐呢……

不過沒關係，坐下來之後，我應該就會有所發現了！

於是，我再次請在場各位安靜下來。

「親愛的偵探們！」我大聲說，假裝知道我自己的目的，「我……呃……是這樣，我有些**新的發現**想跟大家分享！我敢說，是福爾摩鼠

式的發現！」

　　大家都好奇地看着我。而我，面色神秘地點點頭，讓大家跟着我回到謎團大廳。

　　「我來扶着你！」我對乳酪小姐說。我牽着她的爪子，走在隊伍的最前面。我想表現成一名真正的紳士鼠該有的樣子，陪着年邁的女偵探慢慢走向大廳。福爾摩鼠要求的三分鐘很快就過去了。

　　我們抵達大廳後，我扶着乳酪小姐坐好，但是大廳裏似乎並沒有什麼異常……奇怪！

作為一名偵探助理，我為大家安排了座位：**乳酪小姐**，你的座位舒服嗎？**雷克斯**，你來這裏坐。**麥吉鼠**，請你坐到警犬的旁邊……然後，對，我應該坐在沙發上；**托比亞斯**你想坐在我旁邊嗎？然後，**大力鼠**和**南希**你們也坐到長沙發上……還有兩張沙發椅，自然是給扎克和**佐拉**夫婦坐啦！

福爾摩鼠交給我的使命完成啦！

托比亞斯
(Tob

乳酪小姐
(Miss Cheese)

麥吉鼠
(MaigRat)

雷克斯
(Lex)

　　大家的座位嚴格按照福爾摩鼠要求的字母順序排列。

　　現在，我只等着……我的大偵探朋友的 **新指示！**

　　謎團大廳裏鴉雀無聲，大家都看着我，等着……

　　「史提頓先生，快別吊大家的胃口了！你能告訴大家，你讓我們坐在這裏，到底要對我們說什麼？」大力鼠終於率先忍不住嘟囔道。

我緊張得渾身出汗。可是，福爾摩鼠並沒有給我新的指示，那麼我只能開始亂扯……**咕吱吱！**

　　「我……我想告訴你們……」我猶豫不決、語無倫次地說，「是這樣……」

　　就在這時，一個書架開始自行轉動……

福爾摩鼠突然 活蹦亂跳地現身了！

　　「親愛的朋友們，我們又見面啦！還是我來給這個案子 **結案** 吧。」老鼠島上最偉大的偵探說。他並不理會在場諸位（除了本人）目瞪口呆的樣子，「換個角度說，我到底是或不是……遇害了？」

結案

「首先，我很高興地
　　告訴大家，
　　我的確還活着！」

夏洛特·福爾摩鼠

作案者 的 所有招式

福爾摩鼠向大家鞠躬致意。

「首先,我很高興地告訴大家,我的確還活着!」

大廳裏一陣驚訝地簌簌聲。大家七嘴八舌地問 問題 ,除了臉色蒼白的乳酪小姐。

「福爾摩鼠先生,這怎麼可能?」

「天啦,難道一直是你在耍我們?」

「快說吧,到底怎麼回事?」

「你沒事吧？」

「什麼，什麼，什麼？」

「嗝，嗝，嗝？！」

大偵探解釋道：「我親愛的朋友們，我想你們之前一定都發現有老鼠想要我的性命。所以，我就請皮莉鼠小姐配合我安排了一個小小的假現場，助我在暗處查出**神秘的作案者……**」

他露出欣慰的笑容，繼續說：「當然，我能夠行動自如地查案，也少不了我可以信賴的助理史提頓先生的掩護。他為我收集了最初的線索，一次次向我匯報了他的**發現！**」

大家都一臉驚歎地看着我。

「史提頓先生，原來你什麼都知道？」大力鼠問。

「所以你一直都瞞着我們？」南希附和道，「我親愛的謝利連摩，我真的被你的能力驚豔到了！」

我聽大家這麼誇我，臉一下子就紅了，但是福爾摩鼠很快就一盆冷水扣在我頭上。

「史提頓，做得好！既然你這麼有本事瞞住大家，就請你給大家講一講，作案者到底是如何一步步行動的？」

呃？我？解釋？！哦……

我開始尷尬地乾咳：「這個……不不不，我還是把這份榮耀留給你吧……」

福爾摩鼠向我投來責備的目光，繼續說：「福爾摩鼠，別謙虛了！畢竟，剛剛是你指出作案者是『**窗簾和帳幕**』的速遞員！」

賓客們開始交頭接耳（*所以，到底與麥吉鼠有沒有關係？*）。不過，老鼠島上最**出類拔萃**的偵探很快就拍拍手示意大家安靜下來。

「請大家注意！我想要告訴大家的是，**罪魁禍首的確在大家中間……但並非是你們懷疑的那一個！**」

福爾摩鼠不等大家做出回應，繼續說：「請各位容我解釋。今天早上，和往年一樣，我給一家公司打電話為這個謎團大廳安裝隔離窗簾，因為這樣才能保證比賽的保密性！史提頓，你想接着說嗎？兇手到底幹了什麼？」

這一次，我倒是有所準備，對答案瞭然於胸！我自信地說：「他喬裝成速遞員潛入你的家中安置各種陷阱！」

福爾摩鼠滿意地看着我，說：「史提頓，基本演繹法！非常好！回答正確！」

他仔細審視着其他賓客，繼續說：「一旦潛入我家，那名假的速遞員便可以自如行動，因為他知道皮莉鼠小姐正在廚房裏忙着準備午餐，

而我正在冥想（每次年度謎團錦標賽之前，我都會這麼做）。正如你們推斷的，這名兇手對我的**習慣**非常了解！他割裂了***吊燈的吊繩***，然後用一根魚絲將吊燈連到時鐘機械上。」（1）

大家都點點頭，看着福爾摩鼠。他緊接着問我道：「史提頓，你再給大家講講兇手設計的第二個陷阱是什麼？」

我嚇了一驚，說：「茶？」

「史提頓，基本演繹法。作案者的計劃很精密。你還記得 **第二條線索** 是什麼嗎？」

我確定地點點頭，說：「當然記得，福爾摩鼠先生！第二條線索很清楚，就是兇手想用來毒你的茶葉來自你屋頂的溫室！」

「恭喜你！正如你所說，在大家來這裏之前，兇手已經去過溫室……並且（戴着手套）摘下一片致命毒株的**葉子**！（2）

隨後，他趕緊跑到樓下。這個過程中，**手套**掉在泳池邊。隨後，他趁皮莉鼠小姐推着茶點小車往謎團大廳送🫖的時候，將**毒葉子**放進了我的茶杯裏！（我想説明的是，我生日這天喝的茶包需要在茶的溫度達到攝氏34度溫熱的狀態下品茗。）」（3）

福爾摩鼠稍事停頓，繼續説：「計劃完成，而兇手本來可以安枕無憂，但是大概是他太想把我除掉了，於是

又設計了另外一個**陷阱！**不過，可惜，這最後一步對他，而不是對我，形成了致命一擊！」

我舉起手，驕傲地問道：「你說的是亂排的書籍嗎？」

「史提頓，正是如此！我要說的就是這**第三條線索**。我發現，這個案子對你的判斷力有所提高。是時候了！兇手應該是留意到我的書當中有一本叫做《**每日應用物理**》，於是拿出來翻看（*史提頓，這本***書***很有名，裏面有好多實用技巧。你也應該去看一看！*）。等他看到有關彈珠的章節……他就想到用速遞員制服口袋裏的**樟腦丸**再設計一個陷阱。他研究了如何將樟腦丸放在樓梯上以確保我一定會滑倒！他跑進我的**書房**翻完書就匆匆忙忙把書放回書架（*也許他聽到了賓客們陸續到達的聲音？*），用髮夾打開檔案室樓梯上的門，放好樟腦丸。然後，他

還設置了**警報器**，在他設計的恰當時間響起。之後，他跑出屋子，在鼠行道上撞到了我的助理！」

賓客們個個都很佩服：

福爾摩鼠的推理能力
果真名不虛傳啊！

不等大家做出評論，福爾摩鼠總結道：「如果大家都明白了我的推斷，現在就剩下揭開兇手身分及其作案動機了！」

落網！

　　各位偵探面面相覷，相互之間投射着捉摸不透的眼神。福爾摩鼠以一個誇張的舞台動作從西裝背心的口袋裏拿出一隻園藝手套，清了清嗓子問道：「有誰知道這是什麼嗎？」

　　南希隨即答道：「這還不清楚嗎？這是兇手採毒葉子時用的手套！」

　　福爾摩鼠笑着說：「很好，頂禮鼠小姐。這隻手套是揭開兇手身分的重要線索。我對手

套進行了分析，發現裏面有 黃色指甲油 的痕跡。」

扎卡啜泣道：「嗚！頂禮鼠小姐的指甲就塗了黃色！乳酪小姐也是……」

南希不等他說完，回應道：「這是今年流行的 煙燻馬背乳酪黃色！ 你要這麼說，你太太的指甲也是塗這個顏色！你怎麼不提呢？仔細想想……之前就是她用髮夾打開的檔案室的門！」

「頂禮鼠小姐，冷靜，冷靜！別這麼着急下結論！」福爾摩鼠打斷她。

麥吉鼠警長問：「我們可以查到指甲油的牌子嗎？」

「我們可以 詢問 本市賣指甲油產品的店老闆……」大力鼠表示。

福爾摩鼠狡黠的微微一笑，繼續說：「不需要那麼麻煩。我們還有一個辦法抓到兇手！

雷克斯，過來！」

他一邊說，一邊從西裝背心的口袋裏掏出一顆和我們在檔案室發現的一模一樣的樟腦丸。

警犬雷克斯好奇的湊過去，聞了聞，然後……牠朝着乳酪小姐跑過去（奇怪，之前也有過相似的場景……）

年邁的女偵探的臉色看起來更加蒼白了。她在手袋裏亂翻一遍，喃喃地說：「唉喲，親愛的……你就總是惦記着我的小餅乾，對不對？這裏還有一塊！」

她遞給雷克斯一塊餅乾。

所有老鼠的目光都在盯着她的指甲。她用的還真是黃色指甲油……不過有點缺損（好像刮到了什麼東西，蹭掉了一塊）。

福爾摩鼠看着她，嚴肅地說：「親愛的朋友們，我想，大家現在應該都有結論了，對不對？」

大家面色凝重地點點頭。

「我簡直不敢相信！」佐拉嘟囔道。

「居然是你！」麥吉鼠驚叫道。

只有我好像還是一頭霧水！

年邁的女偵探有些**不知所惜**：「福爾摩鼠先生，你這是什麼意思？大家都知道雷克斯喜歡吃我的餅乾。牠往我這兒跑，哪還能有其他什麼原因呢……」

福爾摩鼠打斷她，說：「乳酪小姐，別再裝了！手套上的指甲油和你身上明顯的**樟腦丸氣味**（和雷克斯聞到的一樣！）也許還不算證據充足，不過我還有最後一條線索（史提頓，這是 **第六條線索** ！），可以揭開像你這樣得體的女鼠怎麼就下定決心想要我的命！乳酪小姐，請你給大家看看你的**手袋……**」

乳酪小姐不情願地雙手顫抖着打開袋子。

「史提頓，很好，你仔細看看，看看能不能

第六條線索

你明白福爾摩鼠的意思了嗎？

發現我所發現的東西！」福爾摩鼠吩咐我。

我尷尬得滿臉通紅。我並沒有發現她的手袋裏有什麼異常，而且我之前已經**檢查**過了！

「史提頓，一點發現都沒有嗎？這條線索恰恰可以說明她真的是計算錯了！」福爾摩鼠歎了口氣說，「你就沒發現乳酪小姐買了所有，真的是所有你寫的關於我的**偵探歷險**的書嗎？」

以一千塊莫澤雷勒乳酪的名義發誓，我越發困惑了！

這和我的書有什麼關係？

不等我開口，乳酪小姐突然**像貓一樣敏捷地一躍而起**，準備從扶手椅上起身逃跑。以一千塊莫澤雷勒乳酪的名義發誓，她怎麼突然變得這麼敏捷？

不過，扶手椅的扶手突然彈出手銬，銬住了她的手腕！

福爾摩鼠笑着說：「親愛的乳酪鼠小姐，請允許我向你介紹我最新的一個發明：**手銬扶手椅**，也就是一張藏着手銬、非常舒適的扶手椅，可以用這個遙控器遠程操控！」

我一躍而起，原來這就是為什麼我的朋友要我安排賓客們按照指示順序就坐。原來這樣可以確保**乳酪小姐**坐在這張手銬扶手椅上！

乳酪小姐歎了口氣，說：「福爾摩鼠先生，你真的是名不虛傳。沒錯，是我想殺了你……我以為我一定會成功的！」

一本關於乳酪小姐的書

在其他偵探嚴厲的目光注視下，乳酪小姐解釋道：「親愛的同業們，請你們理解我。要不是來這裏參加年度錦標賽，你們當中可有誰聽說過我？我知道答案是 **沒有**！這是因為，我跟你們不同，我從來沒有碰到一名優秀的 *作家* 來講述我的探案經歷，為我贏得本該屬於我的盛名！

各位，我承認，我受不了那些能力不如我而名氣卻大過我的偵探，就因為他們的偵探歷險被

寫成了 **偵探故事系列** 出版。而我卻漸漸老去，沒有讀者知道我的故事！」

她稍作停頓，一會兒看着我，一會兒看着福爾摩鼠，接着説：「不久之前，我碰巧看到史提頓先生的作品。我震驚了，**那麼出色的文風，那麼精巧的筆觸，那麼無與倫比的作家**！所以我一口氣買了他所有的作品。我終於找到了這樣一位 *完美的作家*，可以書寫我的偵探事業。我已經想好了一系列書名：乳酪小姐的著名案件；*乳酪小姐，如此輕易！乳酪小姐，天才偵探！*

但是，我碰到一個問題，我知道史提頓先生絕不會拋棄福爾摩鼠先生！於是，我就想到利用我對 **謎團錦標賽** 的了解來找到徹底解決問題（*和福爾摩鼠*）的辦法，這樣史提頓就自由了！我的作案經過正如你們推斷的一樣：我喬裝成速遞員，在茶裏下毒，對吊燈做手腳，並將樟腦丸

119

放在檔案室的樓梯上⋯⋯要不是因為福爾摩鼠和他的助理無可爭議的偵探能力，我差點就成功了！**是不是很諷刺？**我想要合作的偵探小説作家史提頓居然為抓住我做出了貢獻！」

這女偵探鼠剛説完，謎團大廳的門就開了。湯姆·特拉法警長和索尼婭·先鋒鼠警員隨同皮莉鼠小姐一起走了進來。

「親愛的湯姆，親愛的索尼亞，歡迎光臨寒舍！」福爾摩鼠向他們致意，「你們在門外都聽見了，對麼？」

特拉法警長點點頭，説：「一清二楚！**乳酪小姐**，因謀殺福爾摩鼠未遂，**你被捕了！**」

就在那時，「*咔嚓*」一聲，我的偵探朋友打開了手銬扶手椅，然後⋯⋯先鋒鼠警員在年邁的作案者手腕上再次銬上一副新的**手銬**。

「福爾摩鼠，謝謝你把案件破解了！」

福爾摩鼠格格笑道：「我也沒有很多別的選擇！但是，我很滿意，今年的謎團錦標賽還真的是 **非常福爾摩鼠式!** 親愛的賓客們，你們也這麼覺得嗎？」

「這個自然……」麥吉鼠警長回答，「除了大家懷疑我是兇手的那段時間！」

然後，他轉身對特拉法警長說：「不過，關於錦標賽的 **神秘案件**，你可以透露下，警察局裏失蹤的那些檔案到底是怎麼回事?！」

特拉法警長微笑道：「哦，這個簡單。是我自己不小心刪除了文檔！」

「天啦，福爾摩鼠先生，原來是你在捉弄我們！」大力鼠笑道。

大家都哈哈大笑。案件破了，大家終於可以鬆一口氣了。

就在特拉法警長和先鋒鼠警員押送乳酪小姐離開的時候，福爾摩鼠神色自若地走到她跟前。

　　「**親愛的朋友，**我很遺憾事情會變成這樣，但是我可以向你保證：我的助理一定會把我們這一次的 **探案故事** 寫下來，你將會得到你應有的名聲！」

　　然後，他從書架上取下一本我的新書遞給她：「雖然今天是我的生日，不過我還是想倒過來送你一件禮物。這是我和史提頓合著的《**完美偵探手冊**》。我想，你在監獄裏一定有很多時間讀書……說不定你可以學會破案的高貴藝術呢！」

《完美偵探手冊》

　　乳酪小姐雖然有些**懊惱**，卻還是收下了書。她還真是我的書迷啊！

　　她被**警察**帶走後，其他偵探都轉身看着我。

　　「史提頓先生……嗝！我得恭喜你，你應該早就看穿乳酪小姐的陰謀，把她從暗處揪出來繩之以法……可惜，她很有**偵探天分**。」

　　「你的偵探天分真是不容置疑啊！」扎克説。緊接着，他就朝着自動打開的保險箱跑了過去。案件破解了，他又可以吃薑糖了。

　　「親愛的，你説的沒錯！」佐拉補充道。

　　「這一次查案，史提頓先生向大家證明了他才是我們當中**最優秀的偵探！**」

　　我的臉頓時紅了，一直紅到鬍子尖。

　　「**謝利連摩是一個神話！**」南希也附和道，「我覺得他也應該早就看穿了檔案失蹤背後的秘密，對不對？」

我決定自我吹噓一番，於是鼓起胸膛，自豪地說：「當然，基本演繹法！」

福爾摩鼠朝我投來狐疑的目光。

「史提頓，真的是這樣嗎？既然你的**觀察力**如此出色，你應該已經察覺從**怪鼠城**開往妙鼠城的最後一班火車已經開走了！」

不會吧……現在怎麼辦？！

我還怎麼回家？

還是我的偵探朋友給了我了答案：「史提頓，既然如此，鑑於你今天作為一名傑出的偵探助理的表現，我決定親自送你回家……這是我測試我的最新天才發明**領航熱氣球**的絕好機會……你看，我正好要檢查熱氣球的安全設備是否可以正常運作……你準備好**飛翔**了嗎？

我深吸一口氣，鼓足勇氣。一名偉大的偵探應該隨時準備好應對突發狀況（*而且，親愛的朋*

友們，我其實也沒有其他選擇）！

於是，我**接受**了他的提議，做好準備登上熱氣球。我的回家旅程自然也是一次福爾摩鼠式的……歷險！

謝利連摩·史提頓，說到做到！

Geronimo Stilton

福爾摩鼠偵探小學堂

偵探能力小測試！

　　各位親愛的鼠民朋友，這次「**謎團錦標賽**」的案情真是意想不到呢！相信大家讀過本系列之後，已學會了不少**成為偵探的重要條件**了吧？

　　小偵探們，你想參加福爾摩鼠的「謎團錦標賽」嗎？快來挑戰以下題目，每答對一道題目，即得到一分，快來測試一下自己的偵查能力屬於哪種調查員的級數吧！

1. 什麼是「不在場證明」？
   A. 最有名的「噴嚏粉」品牌
   B. 指嫌疑犯在案發時身處別的地方
   C. 一種精緻的偽裝術

2. 以下哪一種並不是在案發現場中搜證的有效方法呢？

A. 扣留目擊者和疑犯

B. 查看現場的監控錄影片

C. 搜集指紋鑑定

3. 以下哪一種物品是調查員必備的呢？

A. 假鬍子

B. 帽子

C. 記事簿

4. 以下哪一種成分可以充當隱形墨水？

A. 葉綠素提取物

B. 奶油乾酪

C. 檸檬汁

5. 什麼是「摩斯密碼」？

A. 一種秘密信件

B. 一種利用代號交換加密消息的方法

C. 一種通訊號碼

各位小偵探，你屬於哪一種調查員呢？

• **5 分：**留着小鬍子的偵探

恭喜你，你已通過考核，是一位具備偵探頭腦的小偵探！也許你有機會收到我的下一場「謎團錦標賽」的邀請函。

• **3－4 分：**助理調查員

正如我的助手史提頓一樣，你已掌握不少偵探知識，但你必須更加努力，多訓練觀察力和邏輯推理能力！

• **0－2 分：**見習調查員

真可惜，你還未能通過考核呢！現在你需要重溫習本系列書中的「偵探小學堂」的知識了！

答案：1B、2A、3C、4C、5B

神探福爾摩鼠

①公爵千金失蹤案

②藝術珍寶毀壞案

③黑霧迷離失竊案

④劇院幽靈疑案

⑤古堡銀面具謎案

⑥古董名車失竊案

⑦奇幻漂流失蹤案